三十年，我从六岁长到了九岁

弗朗兹系列

亲爱的小读者：

我希望弗朗兹能带给你们快乐。

我还从来没有去过中国，也不知道，跟一个奥地利孩子的生活相比，你们的生活会不会是完全不同的。不过，看看这个世界上另一个地方的孩子过得怎么样，看看他们碰到了哪些问题，或许对你们也是一件很有趣的事情。

致以最亲切的问候！

克里斯蒂娜·涅斯特林格

克里斯蒂娜·涅斯特林格（Christine Nöstlinger 1936– ）维也纳人，德语国家中最著名的女作家。1984 年获国际安徒生奖作家奖。2003 年获首届林格伦纪念奖。她的作品多元且童趣十足，带有无礼式的幽默、高度敏锐的严肃以及无声的温暖。“弗朗兹系列”是作者对一个六岁男童长期追踪观察以后陆续写出的。

弗朗兹的奇趣故事

〔奥地利〕克里斯蒂娜·涅斯特林格 / 著

湘　雪 / 译

二十一世纪出版社
21st Century Publishing House

译者简介

湘　雪　女。中央戏剧学院戏剧文学系毕业，曾任教于表演系。之后留学德国科隆大学戏剧电影电视学院。喜爱文学和影视戏剧创作及经典翻译。一次剧院的邂逅，让她带着心爱的狗狗老熊，离开了古都北京，跟随先生去了他的故乡奥地利。翻译弗朗兹系列，成为两个人的一次心灵之旅——在她心目中，他曾经就是一个弗朗兹式的精灵小男孩。与作者涅斯特林格的通信让她对作品有了更精准的理解，从而荣获“首届德译中童书翻译奖”，并入选国家图书馆“文津奖”推荐书目。

弗朗兹看电视的故事

在看电视这件事上，弗朗兹的处境实在很令人同情：他能看到的，只有少得可怜的三套节目，而且允许他看电视的时间，也少得可怜。这都是因为爸爸妈妈自己不愿意看电视的缘故。有线电视和卫星天线？那就更甭想出现在弗朗兹家了。作为补偿，他们跟弗朗兹一起玩跳棋和各种家庭游戏。可是，如果其他同学在学校一起谈论昨晚的电视连续剧时，那弗朗兹当然也想能参与他们的谈话啊……

凡是已经认识弗朗兹的小朋友，就不一定要读这本书的头三页了。这三页的内容对于还不认识弗朗兹的小朋友来说，还是挺重要的。看了之后呢，你们就会知道，弗朗兹是怎么回事。事情是这样的：弗朗兹已经上二年级了，他的个子很矮，如果他能再长高半头的话，他愿意为此付出任何代价。

他长着金黄色的小卷发，蓝蓝的大眼睛，翘翘的小鼻子，还有一张樱桃般的小嘴。他看起来很漂亮，可多少有点像女孩，这点让他很生气！

更让他生气的是，要是因为什么事激动起来的话，他的声音立刻就会变得又尖又细，让他说不出话来。

弗朗兹有妈妈、爸爸和哥哥约瑟夫，约瑟夫已经十三岁了。他有一个奶奶，爷爷已经不在了。奶奶住在老人院里，那儿离弗朗兹住的兔子巷很远。不过弗朗兹已经长大了，他都可以自己坐电车去老人院看奶奶了，他经常这么做。弗朗兹最好的朋友：女孩是佳碧，她就住在弗朗兹家的隔壁，也跟他一般大；男孩数艾伯哈德，他们俩在一个班上。

弗朗兹的爸爸在一家保险公司上班，他的工作就是处理那些出了车祸的汽车。妈妈在一家银行工作，她要

帮助那些想得到贷款的人。

如果爸爸妈妈还在上班的话，约瑟夫就该在下午照顾点弗朗兹。可他却懒得管弗朗兹，还经常对他态度恶劣。等他出门去玩的时候，从来也不带弗朗兹一起去，他不肯带弗朗兹去游泳池，也不肯带他去朋友家。他总是对弗朗兹说："你就是个拖后腿的小笨蛋！"

从周一到周五，弗朗兹总是到隔壁佳碧家吃午饭，佳碧的妈妈整天都待在家里。

好吧，就这样了。关于弗朗兹，你们需要知道的就这么多了！

弗朗兹对什么感到不满意

弗朗兹对妈妈和爸爸差不多一直都是很满意的。可是一提到电视，他就不得不生起他们二位的气来，因为他们都是电视盲！最反对看电视了。有线电视他们不肯装，卫星天线他们也不想要。所以弗朗兹在家就只能看三个台的电视节目。

他经常为此在妈妈那儿发牢骚说:“所有孩子家里都有有线电视,要不就是装了卫星天线。他们都能看二十个台。而我总是像个傻瓜。”

弗朗兹觉得自己像个“傻瓜”,因为其他同学在学校里总是议论着在电视里看到的电影，还有电视连续剧,而他从来没法跟大家一起聊。因为其他同学老是在一起聊这些,还一聊就聊老半天,于是弗朗兹就常常无话可说,常常老半天都得闭上嘴巴。

艾伯哈德甚至问过他，是不是他的爸爸妈妈太穷了,买不起卫星天线,也看不起有线电视。要不就是他们属于那些反对看电视的老顽固、小气鬼。

弗朗兹可不愿意别人把他爸爸妈妈看成是穷光蛋,或者是老顽固、小气鬼。而在大家聊得热闹的时候,他却不得不闭上嘴巴,这也让他不高兴。

两个星期前,同学们又凑在一起聊起了电视里的连续剧。他们说的那个电视剧里有一个侦探,他的搭档是一条狗,那狗可聪明了,能把罪犯嗅出来。

有的同学觉得这个连续剧棒极了,另外一些则认为整个一个胡说八道，因为根本就不可能有这么一条狗。弗朗兹只好待在一旁闷头不响。

“你觉得呢？”阿列克桑德问他。

弗朗兹不想又对同学说，这个连续剧他在家没看过。于是他就说："我看了别的片子。"(其实，他跟妈妈在家玩了跳棋游戏来着。)

"你看了什么？"阿列克桑德追问。

"另一个连续剧。"弗朗兹说。

"是哪个？"玛蒂娜也问。

"是……一个宇航员的故事……他从另一个星球……唔……降落到我们的……唔……而且……他的宇宙飞船也坏了。"弗朗兹说。

"是哪个台播的？"马克斯问。

"SAT 六台。"弗朗兹说，他的声音已经开始拔高了。

"SAT 六台？"玛蒂娜、马克斯和阿列克桑德都同时用手指点着自己的脑门，表示他脑子进水了，起着哄地对弗朗兹喊叫，"根本就没有 SAT 六台！"

弗朗兹想：谁要是撒了一次谎，就得一直撒下去！他费力地挤着嗓子说："就是有！得用专门的天线接收，我爸爸自己做的！"

这回不光是玛蒂娜和阿列克桑德，其他的孩子也都不相信地看着弗朗兹。彼得甚至说："你爸爸自己能做出天线来？那连我爸爸那么笨手笨脚的，冬天也能自己换轮胎了。"

幸好艾伯哈德帮忙,来解弗朗兹的围了。艾伯哈德总是护着弗朗兹,他才不管弗朗兹说的是实话还是假话呢。好朋友之间这根本无关紧要!艾伯哈德大声说:“他爸爸就是会!那天线我见过。超级酷!小得就像一个盘子那么大,就装在屋顶上。不过从那个卫星接收的节目,现在还是试播阶段。”然后他又说:“也许过两年以后,你们也能看到SAT六台的节目了。”

这回其他的孩子都相信了。他们可没想到,艾伯哈德会帮弗朗兹圆谎。

从那以后，弗朗兹每天都得向其他同学报道，SAT六台播出的电视连续剧有了什么新进展，宇宙飞船上又发生了什么新故事。

第一天，弗朗兹向同学们讲故事的时候，说话的声音还有点尖尖的。他告诉大家说，宇航员在森林里盖了一座树屋，在里面冻得够戗，因为戏里是十二月份。尽管如此，他还是对下雪感到很高兴，因为在他生活的那个叫格莫尔的星球上，从来没有下过雪。那儿下的雨都是紫色的，还是温吞吞的。

第二天，弗朗兹再讲故事的时候，他的声音几乎跟平常一模一样了。他说，有两个少年找到了宇航员，可是他说的话，却没人能懂 。于是宇航员就从航天飞船上取出一个“世界语言翻译器”来。这样宇航员讲的“格莫尔语”就被翻译成了德语，而那两个少年讲的德语也被翻译成了“格莫尔语”。两个少年一心想帮这个格莫尔人修好飞船，因为他非常地想家。

现在，弗朗兹每天都得给同学们讲述这个电视连续剧的故事。他的故事从修理飞船开始，这会儿飞船还缺少足够起飞的动力，而那个可怜的宇航员却一天比一天衰弱下去了，因为他的食物储存——那些药片啊，装在

牙膏一样的管子里的糊糊啊——都已经吃光了。可他一吃两个少年带给他的食物,就会拉肚子。只有其中一个少年带来的桂皮星星饼,他吃了肚子没事儿,那是少年的妈妈自己烤的。

于是,这个少年就从家里把妈妈为圣诞节烤的所有桂皮星星饼都偷偷地抱了出来,好把这种小饼干塞给宇航员吃。少年的妈妈发现饼干总是失踪,以为家里每天晚上都进了小偷,就去警察局报了案。

每天讲一个新的宇航员的故事, 对于弗朗兹来说,根本就不费什么劲儿。相反他还觉得挺好玩的。他可是个编故事的好手。而且,当全班同学都在听他讲故事的

时候，那感觉没治了。弗朗兹还从来没经历过这样的事情，他觉得很享受。

然而这件事带来的问题是，其他的孩子对SAT六台变得越来越好奇。他们越来越不满足于只是听弗朗兹讲故事，而是想自己亲眼看到节目。

“我可以今天下午去你家吗？”他们都来问弗朗兹。当弗朗兹回答他们的时候，他的声音已经变得十分尖锐哆嗦了，他说：“那可不行，我妈妈要上班，她不喜欢她不在家的时候，有陌生的孩子来我们家。”

尽管他这么说了，有的孩子还是不肯放弃。“就电视剧播出的那半个小时，”他们苦苦央告着，“完了我们马上就走。你妈妈根本就感觉不到我们曾经去过你家。”

这回弗朗兹不知道该怎么办了。总算艾伯哈德看出了他的尴尬，为了把其他的孩子从弗朗兹身边赶走，他大声地冲他们嚷嚷着：“别烦他了，你们可不知道，他妈妈有多凶。那简直就是个泼妇。如果她是你们的妈妈的话，你们谁也不敢做她不许做的事呢。”

每次当艾伯哈德对其他同学这么说的时候，弗朗兹都觉得胃里堵得慌。真不该这么歪曲妈妈的形象。她从来也没不让弗朗兹请学校的同学来家里玩，泼妇跟她就更不沾边了。

班上的大部分同学要是有她这么好的妈妈，就该乐死了。

格莫尔人成了一个麻烦

弗朗兹开始长篇连载，讲述了一个星期格莫尔宇航员的故事。这天，他正坐在家里写作业，他的爸爸和妈妈还都在上班，哥哥约瑟夫泡在游泳池里也不在家。只有索克尔太太在，她每星期来打扫两次卫生。弗朗兹不怎么愿意单独跟索克尔太太一起待在家里，因为她总希望整套房间都像她三天前打扫完离开时那么干净。这当然是不可能的。

于是她就老是指责弗朗兹，不该在浴室的镜子上按出脏手印啦，不该把断了的铅笔尖扔到地毯上啦，不该在厨房的瓷砖地面上留下橡胶鞋底划出的道道啦。要是她在堆放准备高温清洗的白色衣物的洗衣筐里，发现了一只彩色的袜子，那她简直就要跳起来。

而事实上，这些都是约瑟夫干的。他总是要抢着照镜子，在纸篓旁削铅笔，用橡胶鞋底在厨房地上蹭出道道，还把他的脏袜子错扔进了白色的衣物中。可就因为索克尔太太来的时候，他早跑得远远的了。而毫无过错的弗朗兹，只好待在家里听着索克尔太太喋喋不休的唠叨。

弗朗兹缩成一团,像个小耗子似的躲在自己的书桌后面,希望索克尔太太或许会看不见他。就在他这么低头伏在书桌上写作业的时候,有人按响了他家的门铃。

因为约瑟夫出门经常忘了带钥匙，所以弗朗兹想：这肯定是约瑟夫。他回来得正好,现在索克尔太太可找着正主了。

弗朗兹跑到了门口打开房门,可站在门口的不是他的哥哥,而是马克斯、玛蒂娜和阿列克桑德!他们挤开弗朗兹跑进了走廊。

“我们给你带来的。”玛蒂娜说着,塞给弗朗兹一袋香蕉巧克力糖。弗朗兹的手指头哆嗦起来,连包糖果的纸袋都握不住了。纸袋扑通一声掉在了地上。

马克斯和阿列克桑德一起捡起散落在地上的香蕉巧克力糖,玛蒂娜说:“我们在游泳池碰到了你哥哥。他说我们搞错了,你妈妈不反对别人来你们家!”马克斯和阿列克桑德又把糖果塞回到弗朗兹手里。

玛蒂娜指了指客厅的门问:“你们家的电视是放在那里吗?”弗朗兹呆若木鸡地站在那里,嘴里连一个词也说不出来了。

他的脑袋里走马灯似的转着各种荒唐的主意,不知道自己该怎么办:是该拉下总保险,然后就说停电了,还是撒谎说爸爸得了猩红热,为了怕传染,不让任何人进客厅?或者,要看SAT六台的节目,得有专门的密码,而妈妈把密码带走了?要不就突然倒在地上,大声叫唤,让他们以为我得了要命的急病,那他们就得来照顾我而忘了那倒霉的连续剧?不然就干脆冲出门去,逃到佳碧家躲起来,等到他们都走了再回家?然后再安静下来好好想想，明天到学校该怎么解释？

还没等弗朗兹拿定主意，究竟该怎么办，那三个人已经冲进了客厅，弗朗兹只听到索克尔太太的声音，她正用最恶狠狠的语调训斥跑进来的孩子们："听着，我干活的时候，用不着你们这帮小鬼来捣乱。都给我出去！去！去！都出去！"

马克斯、阿列克桑德和玛蒂娜推推搡搡，满脸失望地从客厅里退了出来。当他们从还木头一样呆呆地站在那里的弗朗兹身边跑过时，玛蒂娜对他喊道："对不起，弗朗兹！"马克斯也喊道："我们没想给你添麻烦。"阿列克桑德也对他说："那为什么你哥哥也不认为你妈妈是个泼妇呢？"

说完，三个人都跑下了楼梯，房门砰的一声关上了。弗朗兹全身都软了，瘫靠在墙上，终于放松地喘上了一口气。

第二天在学校里，弗朗兹给同学们讲了第八集，也是最后一集格莫尔宇航员的故事。他告诉同学们，宇航员终于可以回到他的故乡格莫尔了。

那两个少年也很想跟他一起飞到格莫尔去看看。半夜三更的时候，他们秘密地从家里跑出来，想去搭乘宇宙飞船。但其中一个只走到了花园的门口,就碰到了在那里等候的警察,他们是来抓偷桂皮星星饼的小偷的。他们抓住了这个少年,把他送回了爸爸妈妈那里。另一个在他们约定的碰头地点等啊等啊,没有他的好朋友,他可不想一个人跑到茫茫的宇宙里去。

于是,格莫尔宇航员只好独自起飞了。最后,弗朗兹说:“在他飞走之前,他答应一定会再回来的。不过,那至少得在两年以后了。所以,两年以内绝对不会出现连续剧的续集啦。”

弗朗兹感到良心不安

现在弗朗兹总算把 SAT 六台的问题给解决了，不过因为说了妈妈那么多的坏话，他的良心还是感到很不安。怎么才能解决这个问题呢？他心里一点主意都没有。他觉得，自己得找人想想办法。可找谁呢？在这方面约瑟夫毫无用处，他只会立马把所有的问题甩给爸爸和妈妈。

爸爸碰到问题的时候，也没什么高招。有时候他只是笑笑而已，而有时候，他又会很生气。谁也不知道，要是你把问题讲给他听的话，他究竟会笑起来呢还是会大发脾气。可眼前弗朗兹急需别人的建议，这不仅关系到他的良心，而且，佳碧马上就要过生日了，她很想组织一个生日聚会，一个有二十个客人的聚会。佳碧家的房子太小了，来的客人只要超过六个孩子，在她家就没法好好庆祝了。

所以弗朗兹的妈妈建议佳碧的妈妈说："来我家聚会吧，这儿足够二十个孩子折腾的了。"

佳碧也邀请了弗朗兹班上的同学来参加她的生日聚会。可惜的是，马克斯和玛蒂娜都在邀请之列。他们还一直以为索克尔太太是弗朗兹的妈妈呢！等他们两个在聚会上碰到妈妈的时候，他该说什么才好呢？

弗朗兹想来想去，唯一一个老有主意的人，就是妈妈：看来我只能去问妈妈了。

弗朗兹等啊，等啊，一直等到妈妈下班回了家，等到他终于有了一个好机会，能单独跟她说说话了。妈妈在浴室里冲澡的时候，他走进来找妈妈。他坐在浴缸旁边的一个小凳子上，觉得这会儿机会正合适。因为浴帘刚刚挂在他和妈妈之间，这样他说话的时候就不用看着妈

妈,而妈妈也看不见他了。

“嗨,妈妈,”弗朗兹鼓起勇气开始说话,“我们班上的一个孩子碰到了点困难。”

弗朗兹觉得,自己这么说一点都没撒谎。他本来就是他们班上的一个孩子。

“说出来吧,”妈妈在浴帘里大声说,“我肯定能帮他找到好办法。”

弗朗兹把整个事情详详细细地讲了一遍给妈妈听,当然,他该说我的时候,总是用“这个孩子”来代替。等他把故事将完了,妈妈也冲完了澡。她从浴缸里出来,身上围着一条大浴巾。

“我看没什么大不了的。”她说,“那个妈妈用不着觉得心里不舒服,因为她反正也不知道这事。”

“可这个孩子自己觉得良心过不去啊。”弗朗兹的声音又尖细起来,“因为他的妈妈其实很亲切很有爱心,才不是一个泼妇呢。”

“要是我是这个孩子的话,”妈妈说,“我就不会觉得良心不安的。”她冲弗朗兹眨了眨眼睛,做了个你知我知的鬼脸,接着又说:“一个妈妈,只让她的儿子看三个台的节目,真够顽固的,也该她吃点苦头了。”

听了妈妈的话,弗朗兹还是觉得不满意。他说:“可

现在那些孩子都要来参加生日聚会，他们就会看到，究竟谁是他的妈妈。”

“那有什么不好？”妈妈一边把摩丝抹到湿漉漉的头发上，一边跟弗朗兹说话，“要是我没听错的话，那就是说，这个孩子从来也没说过，那个打扫卫生的大妈是他的妈妈，对不对？”

弗朗兹点了点头。妈妈把湿头发梳通，同时说：“那些孩子只是自己搞错了，以为她是他的妈妈，是不是？”

弗朗兹再次点了点头。妈妈打开电吹风，吹头发的同时又对弗朗兹说：“那他们就会知道，是自己把事情搞错了。”

妈妈接着说:“导致这样的错误发生,责任都在他的那个好朋友,是他骗他们说,这个孩子的妈妈是泼妇的。”

“你真这么认为?”弗朗兹问。

“我就这么认为。”妈妈说,同时还让吹风机把她的头发吹得飘飘悠悠的。弗朗兹站了起来,觉得浑身轻松了很多,便想从浴室走出去。当他走到门口的时候,妈妈对他说:“没准等二十个孩子在咱们家晃悠的时候,我就会真的变成了个泼妇,这谁知道啊!”

就像脚下生了根似的,弗朗兹站在了那里!他的脸红得像血橙,从头发的边缘一直红到领口边。“可是……为什么……你不是……我可是……”弗朗兹语无伦次地尖着嗓子说。

“别太把这事当回事了,亲爱的弗朗兹,”妈妈说,“如果爱足够强大,就不会因为这些微不足道的小事而产生裂痕。”

“真的不会吗?”弗朗兹认真地问道。

“我发誓,肯定不会。”妈妈肯定地说。这回,弗朗兹终于百分百地放了心。

生日聚会上,一切都像妈妈事先说的那样,甚至更好!完全“变了样”的妈妈,根本就没有特别在意马克斯。

玛蒂娜也只是说:“哎呀,弗朗兹,我们白白替你惋惜了半天。原来那个把我们赶走的泼妇,根本就不是你妈妈呀!”

弗朗兹尖着嗓子假装正经地说:“你们怎么会冒出这个念头的,脑子进水了吧?”

但玛蒂娜已经不想再深究这个问题了,对她来说,本来也不是什么重要的事情。孩子们在生日聚会上,就该大吃大喝,大笑大跳,就该胡说八道,谁还有时间去思考从前的老问题呢。

奶奶的高招

弗朗兹现在终于发现,还是不要自己编出一套电视节目的好。可事情并没有因此而有所改变,当其他同学在一起谈论电视里播放的影片时,他还是只能“像个傻子”似的呆在一旁,完全插不上嘴。

在家里他不仅仅看不上有线电视和卫星电视节目,就连那三套可怜的节目,他也常常看不上！因为他们家的电视机不允许就那么“开着”。爸爸和妈妈老是要先看看电视节目报,只有他们认为“好”的节目播出时,电视机才会被打开。可这种情况不是经常出现。相反,大部分时候他们都会说:“这种胡说八道的玩意没人想看！”

他们并没有完全禁止弗朗兹和约瑟夫看电视,可他们总会找出些事来吸引哥儿俩的注意力。他们会说:“咱们再来玩一把跳棋吧。”或者:“我们一起给奶奶做个生日礼物吧。”要不然就是:“咱们来烤饼干怎么样？”或者:“今晚的气温不冷不热正好,咱们出去散散步吧。”

为此他们能想出上百种主意来。不错,一起做生日礼物挺好,一起玩,一起烤饼干也很好,出去散散步也很令人愉快。

可就是到了第二天,在学校里,弗朗兹只能听着同学们笑话自己:“嗨,咱们的弗朗兹在家只能看看婴儿频道,其他的都不许看。”

在弗朗兹的班上,很有几个孩子非常得意,他们在家可以一直看电视看到半夜。所以他们能看到那些恐怖的镜头:尸体在地上翻滚;妖魔在鬼哭狼嚎;坠机沉船;

汽车着火;还有血淋淋的印第安人和四处开枪的西部牛仔;以及绑架人质的坏蛋。所有那些没看过这些影片的孩子,都被他们看成是“小婴儿”。

对那些本来就长得又高又大的同学来说,被人当成“小婴儿”也无所谓。可弗朗兹不同,他原本就长得瘦小,这事很让他受不了。对他来说,“婴儿”就是他所知道的最可恶的骂人的粗话。

于是当弗朗兹又去看奶奶的时候,他对奶奶抱怨说,同学们都叫他“小婴儿”,这让他觉得很受伤害。

奶奶劝他说:“爸爸妈妈抽出时间来陪你,你该高兴才对啊,这在今天可是很稀罕的事儿啊。”

“是呀……”弗朗兹嘴里嘀咕着。

奶奶又说:“要是你过了晚上九点不去睡觉,还瞪着眼守着电视那家伙的话,那你到了第二天早上,困得起不来床,可就得让人把你吊起来了。”

“是啊……”弗朗兹嘴里还在嘀咕着。

奶奶问他:“那么究竟有什么不对劲的呢?”

“我是说,”弗朗兹解释道,“要是我能跟他们一起聊天的话,他们就不会叫我‘婴儿’了”。

奶奶点了点头,认真地想了想,最后她说:“咱们肯定能找出个好办法来。谢天谢地,咱们还有库格爷爷呢。”

（谢天谢地，咱们还有库格爷爷呢！）

库格爷爷也住在老人院里，就在奶奶的隔壁。他可是个电视迷，每天，他的电视机都开到半夜三更的。奶奶常常为此说他，因为老人院的墙壁很薄，电视的噪音吵吵嚷嚷的，一直钻到了她的耳朵里，吵得她老是睡不好觉。

“库格爷爷能帮我什么忙呢？”弗朗兹糊涂了。

“他能给你提供信息啊，这样你就能跟同学们一起聊天了。”奶奶很得意地说。

“那该怎么办才行呢？”弗朗兹还是不太相信。

“很简单！”奶奶回答说，她把自己的想法解释给弗朗兹听。听完了奶奶的高招，弗朗兹高兴得结结实实地亲了奶奶一下。这主意真是没治了！

第二天，当其他同学在一起议论，今天晚上该看什么电视的时候，弗朗兹就伸长了耳朵，仔细听着他们的话。孩子们都对一个叫做《红色复仇女神》的电影非常好奇。他们说，这个片子晚上九点开始播出，得放到十一点钟。

玛蒂娜叹了口气说:“那我整个下午都得老老实实的,要不然的话,我爸爸妈妈肯定不让我看到十一点。”

艾伯哈德得意地说:“我爸爸妈妈今天晚上不在家,我能一直看电视看到半夜。”

阿列克桑德也得意地说:“我自己有一个电视,只要声音放小一些,那我爸妈就根本不知道我还没睡觉呢。”

最后彼得说:“我爸妈在这方面很开通,只要我在早上能痛痛快快地起床,晚上我就可以随便看电视,爱看多晚就多晚。”

弗朗兹拿出一个笔记本来,在上面写下:红色复仇女神,晚上九点。然后他迅速地把本子藏好,就跑开了。

等弗朗兹从学校一回到家,他马上就奔到了电话机旁抓起了话筒——他甚至都来不及先到佳碧家去吃午饭——他很快地拨通了奶奶的电话:“哈罗, 我是弗朗兹,今天的电视是《红色复仇女神》,晚上九点,一台。”

奶奶在电话那边说:“我记下来: 红色复仇女神,晚上九点! 我马上就告诉库格爷爷。”

“那就明天早上再联系。再见,奶奶!”弗朗兹大声说,然后放下了听筒。

第二天早上刚七点,弗朗兹家就响起了电话铃声。

妈妈正在卧室里翻找长统袜，她想找出一条没有挑丝的。爸爸正在厨房煮咖啡。约瑟夫则在卫生间里挤他脑门上的那些青春痘。铃声一响，他们三个人从不同的门里跑出来，一起冲到了前厅。

不过弗朗兹已经站在了电话机旁，拿起了听筒，他的面前放着一个笔记本。只听弗朗兹说："有人勒索……为了什么呢？……啊！……什么老掉牙的政治……在水里自杀。是河里还是湖里？……好吧，随便了……还有他的寡妇……长着红头发……报复他……把所有人全打倒了……所有的人都有谁啊?……对……对……勒索的人……可他们是谁啊?”

然后弗朗兹竖起耳朵听着话筒里的声音,一边听,一边点头,一边听,一边点头。最后他冲着话筒说了声“谢谢奶奶”,就放下了话筒。他紧紧地闭起眼睛,这是他的习惯,当他想要好好记住什么的时候,他都会这么做。

“这是怎么回事啊?”爸爸吃惊地问。

“老人院里发生了谋杀案吗？”约瑟夫也好奇地问。

“嘘！”弗朗兹大声制止他们说，“别打扰我！我得把这些都刻到我脑子里去。奶奶说得那么快，我根本来不及记下来。”

“好吧！好吧！”爸爸妈妈和约瑟夫都说。

爸爸继续去煮咖啡，妈妈又去找她的长统袜，约瑟夫也回到浴室去挤他的青春痘。

可吃早餐的时候，他们又问起那奇怪的电话究竟是怎么回事。

弗朗兹一边等着蜂蜜滴到他的黄油小面包上，一边说：“都是为了让我能在学校跟同学们一起聊天。他们一起聊《红色复仇女神》的时候，我也能说得上话。这个片子昨天在电视上放来着。”

“弗朗兹！”爸爸大吼了一声，“我认为这可不对！”

“为什么？”弗朗兹不明白。

“你应该勇敢些，直接告诉那些孩子，”爸爸大声说，“那种片子就是破烂，聪明的孩子根本就不看那玩意儿。”

“做一个勇士，我还太小。”弗朗兹回答爸爸说。

“我也这么觉得。”妈妈跟着说。

爸爸指着约瑟夫说：“看看你哥哥这个榜样！他就从

(做一个勇士，我还太小。)

来不对其他孩子撒谎，说他也看那些破烂玩意儿。”

弗朗兹想争辩说，约瑟夫比他高一倍，也宽一倍，而且从来没人敢用“小破孩儿”这样的词儿来骂他。不过这时候约瑟夫说话了：“好吧，爸爸，那我就真正勇敢一回，告诉你点真相。你知道，我是怎么干的吗，爸爸？凡是我想看的什么片子，我都让埃贡录下来，等我去他们家的时候，我们就一起再放一遍录像。”

“原来是这样。”爸爸嘴里嘀咕着。

弗朗兹咬了一口抹了蜂蜜的黄油小面包，然后说：“就因为我没有像埃贡这样的好朋友，所以奶奶来帮我的忙。”

在学校里，弗朗兹这一天过得很愉快。他不仅能跟其他孩子一起聊那部片子，他甚至还能给其他人做解释。

“还算不错，”他煞有介事地说，“不过这片子在前后时间顺序上有导演错误！晚上十点钟的时候，红色复仇女神刚在纽约开枪打死了一个男人，天快亮时，她就又在洛杉矶向另一个男人开枪了。这么短的时间里，谁也没法从纽约跑到洛杉矶去，就是坐最快的喷气式飞机也不行。”

孩子们对弗朗兹都很信服，只有他发现了一个他们

都没注意到的错误。

从那天起，弗朗兹在班上被大家公认为电影权威。

以后就算是哪天电话信息中断了，也没什么关系。

弗朗兹就会说："昨天晚上那种破烂玩意儿，我根本就不看。"

由于弗朗兹现在不再是不懂电视的小破孩儿，而是权威的电影专家，所以其他孩子对此只会说："没错，你可太高明了。那种片子纯粹就是垃圾跟破烂。"

一个确实完美的夜晚

有一天，佳碧的妈妈过来找弗朗兹的妈妈，告诉她说：“我们今天晚上多出两张戏票，是我父母的，他们得了流感。你们愿意跟我们一起去看戏吗？”

“那当然好了，”弗朗兹妈妈说，“不过，约瑟夫这个周末在朋友家。要是我们俩跟你们一起去看戏，那弗朗

兹就得一个人待在家里了。这对他来说,还有些困难。”

弗朗兹知道,他妈妈是多想去剧院看戏,而且他也知道,她很少能有机会去看戏,因为戏票是很难得到的。

于是弗朗兹就对妈妈说:“我可以自己待在家里。”

“真的吗?”妈妈惊喜地问。

“真的,是真的!”弗朗兹回答说。他想:我总得开始第一次吧。

“你也不是完全一个人,”佳碧妈妈说,“佳碧也在家。”

等佳碧妈妈走了以后,妈妈又问了弗朗兹一遍,他究竟能不能肯定,自己可以跟佳碧一起单独待在家里。弗朗兹非常确定地回答说,他肯定没问题,而且他甚至还有点高兴,可以单独留在家里。他和佳碧会一起度过一个美好的夜晚。

晚上七点钟的时候,佳碧来到了弗朗兹家。

七点半的时候,佳碧的爸爸妈妈来按门铃说:“赶快动身吧!不然我们就晚了。”

妈妈戴上了她的带面纱的小帽子。

爸爸理了理他的领带。

妈妈穿上了十二厘米高的高跟鞋,爸爸把汽车钥匙揣进了口袋。

妈妈没忘了说:“你们俩好好玩。”

爸爸说:“别吵架,这会儿可没人来给你们劝架了。”

等这两个人出了门,佳碧妈妈又急急忙忙地跑进门来说:“佳碧,我们一看完戏就直接回家,我马上就来接你。”

弗朗兹和佳碧坐到了客厅里。

“我们来玩纸牌吧?”弗朗兹征求佳碧的意见。

“不,玩这个你总赢。”佳碧不愿意。

“那我们玩多米诺?”弗朗兹又问。

“不,那多没意思啊。”佳碧还是不乐意。

“那你喜欢玩什么呢?”弗朗兹接着问。

“把电视机打开!”佳碧说,“现在正在播一个侦探片。”

弗朗兹按了下电视机的按钮。

广告!弗朗兹和佳碧一起看广告:女士在用面霜擦脸,男士在喝酸奶,小矮人在收获蔬菜;饼干从液态的巧克力中冒出来;孩子们在喝一种黄颜色的果汁;有人把蓝色的液体滴到尿布上。

佳碧想跟弗朗兹玩“猜广告”的游戏。她对弗朗兹说:“咱们俩谁先猜出来,电视上出现的是什么广告,谁就赢了!”

“那,好吧。”弗朗兹回答说。

猜到第九个广告时,弗朗兹不干了:“这个游戏太没劲,傻不拉唧的!”当然九次都是佳碧先猜出来,正在播出的广告,究竟是在宣传什么商品。

“你觉得傻,是因为我比你强!”佳碧也嚷嚷起来。

“可你每天都看这些东西,猜出来也没什么本事。”弗朗兹的声音也不低。

“总是这样，只有你会的，才算是有本事！”佳碧继续提高了声音。

“广告本来就是愚蠢的玩意儿！”弗朗兹喊道。

“你才是愚蠢的玩意呢！”佳碧一边冲弗朗兹喊，一边转过身去，把半个后背冲着他。

这时，广告已经播完，开始播侦探片了。弗朗兹立刻发现，这部片子正好就是能让他全身起鸡皮疙瘩的那种。

故事发生在一个古老的城堡里，它坐落在一片布满迷雾的恐怖地带，时间正是夜半时分。在古堡的一个房间里，有一个女人坐在壁炉前，呆望着炉中跳跃的火焰。

窗外，一个男人正沿着玫瑰攀援的栅栏爬了上来，他的头上蒙着长统袜做成的面具。这个爬进古堡窗户的家伙肯定没安好心，这一点谁都看得很明白。

“你不觉得玩多米诺更有意思些吗？”弗朗兹问佳碧。

“嘘！注意看，要不然你就搞不清楚发生了什么。”佳碧阻止弗朗兹说下去。

戴面具的男人爬进了古堡的窗户，他从裤子口袋中抽出了一把刀，然后蹑手蹑脚地穿过房间，向门口走去。在这扇门的后面，恐怕就是那个房间，里面有一个女人正坐在壁炉前。

“要不我们玩过家家吧？”弗朗兹又问佳碧。过家家是佳碧最喜欢玩的游戏。

“跟你在一起简直就没法看电视，”佳碧生气地说，她站了起来，“你怎么烦起来没完啊！我还是回去在家看吧！”佳碧跑出了客厅，随后就只听房门在她身后砰的一声关上了。

弗朗兹关上了电视机，从厨房拿来饼干和汽水，走进了他自己的房间。他把汽水和饼干放到床头柜上，又搬来了一摞旧的图画书放到旁边，然后他躺到了床上。等他翻完那一摞里的一半书时，电话铃声响了起来。肯定是妈妈打来的，弗朗兹想，现在剧场正好是休息时间，她想知道，我们自己在家过得怎么样！

弗朗兹跑到走廊里，拿起了电话听筒。

“哈罗……哈罗……我……谁啊？“弗朗兹冲着话筒喊道。平常总是约瑟夫这么说。

开始时，弗朗兹只是发现，电话那头的不是妈妈。从电话线的那一端，传来的是极小的说话声。那声音轻得他连一个字也听不清楚。

“对不起，请你大点声说！”弗朗兹大声说。

那声音稍微大了一点点，这时弗朗兹才注意到，说话的是佳碧。

他还是没法听清佳碧说的每一个词,只能听到:“好害怕……在洗手间……有人……里面窸窸窣窣地有响动——从窗户爬进来……”

“那你就再回到我们这边啊。”弗朗兹对佳碧说。从听筒里传来佳碧小心的声音:“可我不敢从洗手间门口走过。求你了,你到我们家来吧!”弗朗兹觉得,她的要求也太过分了。他可不是什么英雄人物!

他对自己能独自待在家里已经觉得很了不起了，而且他还没起鸡皮疙瘩。可跑进黑咕隆咚的楼道，还要在漆黑一团中摸进佳碧家去，这要求可太过分了！

“你们家的洗手间里一个人也没有。”弗朗兹对佳碧说。

“那你过来检查一下，”听筒中传来低低的声音，“我害怕！”

“你可从来也没害怕过什么。”弗朗兹大声说。

“都是因为那个电影那么可怕。”佳碧低声说，“弗朗兹，求你——求你——求你了，快过来吧，不然的话，我马上就要死了！真的！”

弗朗兹还有什么可选择的？他可不能让自己最好的女朋友就这么死去啊！

弗朗兹从柜子里取出一个手电筒，打开了它，然后深深地吸了一口气，猛地打开了他家的房门。他以从来没有过的速度，蹿过两家之间的这几米路程，然后他拉开了佳碧家的房门，多少觉得轻松了一些，他确信自己终于安全地窜进了佳碧家的走廊。

感谢上帝，走廊里亮着灯。弗朗兹迅速关上了身后的房门，随即大喊道：“佳碧，你在哪儿啊？”

“我在这儿。”一个又尖又细的声音从客厅里传出来。

“快出来！”弗朗兹喊，“咱们一起去洗手间看看。”他可不愿意自己去看洗手间，干吗风险都得他一个人扛着。

客厅里一点动静都没有。

“那好吧。”弗朗兹长叹了一口气，鼓起勇气走到了洗手间的门口，推开了门。里面确实有窸窸窣窣的响动。

弗朗兹看到,洗手间的窗户开着,卫生纸从挂在墙上的圆筒中垂下了长长的一条,在穿行的风中飘荡着。

弗朗兹爬上了马桶,把窗户关上,然后把卫生纸卷回到圆筒里。做完这些以后,他走进了客厅,对佳碧说:"一切都搞定了,厕所里的凶手已经被制服!"

佳碧整个人——也包括电话机——蜷缩在桌子底下。电话在她手中还哆嗦着。

"你……你……把他……抓住了……真的?"佳碧上牙磕打着下牙哆哆嗦嗦地问道。

"没有。"弗朗兹平静地说,"可惜厕所里根本就没人。"

于是弗朗兹留在了佳碧家陪她,直到他们的爸爸和妈妈都回来了。弗朗兹没有让大家注意到他的壮举,不过他心里还是挺得意的。

当他回到家躺在自己的小床上时,他满意地对自己说:我真该早就想到,只要是必须的,我就能做到。

弗朗兹的废话故事

佳碧有了一个新的口头禅，现在她是言必称“废话”——她管弗朗兹叫“废话篓子”，对她来说，什么都是“废话无所谓”，哪怕弗朗兹因此而觉得很烦。

现在她又发明了一种“秘密废话语言”。当然弗朗兹没法长久地让这种“废话语言”成为他们两个人之间的秘密。于是佳碧就跟他翻了脸。但是，当佳碧因为她的“废话”而给弗朗兹惹来了麻烦的时候，她还是需要他的帮助。

弗朗兹喜欢艾伯哈德，但更爱佳碧

弗朗兹·弗吕斯特现在八岁零十个月了。他有一个女朋友和一个男朋友。女朋友叫佳碧·格鲁伯，男朋友叫艾伯哈德·莫斯特。艾伯哈德是他上午的朋友，在学校里，弗朗兹跟他同桌。佳碧是弗朗兹下午的朋友，她跟弗朗兹住在同一个楼里，就在弗朗兹家隔壁。中午放学后，弗朗兹在佳碧家吃午饭，然后整个下午都待在她家，直到弗朗兹的妈妈下班回家。

弗朗兹很喜欢艾伯哈德,但他更爱佳碧。爸爸和哥哥约瑟夫认为这有毛病。

爸爸说:“艾伯哈德跟你有福同享,有难同当;那个佳碧却一周让你头疼三次。”

约瑟夫说:“佳碧是个小心眼儿的小爬虫,艾伯哈德可是个真正的铁哥们。”

两个人同时说:“这太不公平了, 你居然更喜欢佳碧,而不是艾伯哈德。”

可是妈妈的意见却不同:“你们根本不懂爱情,这事儿只要跟爱情有关,就从来都跟公平无关。”

佳碧确实是个特会欺负人的小坏蛋,有时甚至可以说是非常顽劣!要是她生弗朗兹的气了,她就会故意嘲笑他,管他叫“小不丁点儿的小侏儒”和“矮半截”、“尖嗓子的小耗子”,要不就是“喇叭筒”什么的。因为弗朗兹比他同年龄的孩子几乎矮了一个头,而且要是他感到伤心难过或者紧张激动的话,他的声音就会变得尖锐刺耳,而且还哆里哆嗦的。

“废话”大扩张

佳碧总有一个最爱用的词儿，经常挂在嘴边。一月份的时候，她的口头禅是“酷”，二月份是“完全”，三月份是“非常”，从四月份初开始，她总挂在嘴边的词儿变成了“废话”。

她没完没了地到处乱喷这个词儿，哪怕是在根本不合适的地方。她不仅仅在当她想要反对什么的时候说“全是废话”，或者在某人说个没完的时候说“甭那么多废话”，她还管收音机叫“废话匣子”，管电话机叫“废话专线”，管柠檬汽水叫“废话水”，管弗朗兹叫“废话篓子”。她不说“我觉得很无聊”，而是说“我觉得很废话”。要是她想管弗朗兹借钱的话，她会说：“废话我一个欧！”

弗朗兹觉得这事儿很烦，特别是“废话篓子”这个新冠名让他很不舒服。不过他想：用不了多久，她就会烦了，这事儿也就过去了。可是都过去四个星期了，她挂在嘴边儿的词儿还是没变！

一天早上，当他们一起往学校走的时候，佳碧对弗

(废话！)

朗兹说："我们需要一种废话语言！"

"什么叫废话语言啊？"弗朗兹莫名其妙地问。

佳碧解释说："一种秘密语言！好让其他人都不明白咱俩到底在说什么。"

弗朗兹问："这么做有什么好处呢？"

佳碧说："那我就能当着艾伯哈德的面跟你废话了，说他是个大、大、大的废话大傻瓜，他听了就不会立马废话生气了。"

弗朗兹马上表示反对："要是我们在一起用秘密语言说话的话，那他才会生气呢。"

"那你的意思是，"佳碧话中带刺地说，"你这个废话篓子打算废话喽？"

"我不是什么废话篓子！"弗朗兹喊道，"可是你没完没了的废话，已经废话得让我的耳朵都出老茧了。"说完他就不吭声了。因为他已经感觉到，自己的嗓音开始因为激动而要变得完全沙哑尖锐了。

“你要是不愿意,我就去找桑德拉,我们一起创造一种废话语言。请你务必于今天中午之前做出最后决定!”佳碧大声向弗朗兹宣告,然后就向学校方向跑去了。

桑德拉在学校里跟佳碧同桌，她是佳碧上午的好朋友。佳碧一跟弗朗兹闹别扭，就故意做出一副姿态来,好像桑德拉才是她最最要好的朋友。因为她心里很清楚,这一招可管用了。这样一来,弗朗兹就会很嫉妒,因此而变得很听话,不论她想要怎么样,他都会乖乖地去做,哪怕这事儿他原本觉得是错误的,或者愚蠢的。

弗朗兹跟在佳碧的身后走着,心里想:每次我不想做

她想要我做的事时，她都会用桑德拉来威胁我，这也太气人了！可是，如果她们俩真的一起发明出一种秘密语言来，而我连一个词儿都搞不懂，那我可就惨了！还不得让她们搞得晕头转向的。吃午饭的时候，我要跟她说，原则上我并不反对废话语言。但是我得坚持一条，就是，只有在艾伯哈德不在场的情况下，我们才能用废话语言说话！

弗朗兹的老师叫斯沃巴达。可弗朗兹和艾伯哈德却管他叫“嘁哩喀喳”，因为他们不喜欢他说话的语调，太过于的紧凑短促。每天中午，嘁哩喀喳都会很着急，“快点，快点，赶紧，赶紧！别磨蹭！”他总是嘴里吆喝着把二(2)班的孩子统统赶出教室。

（快点，快点，赶紧，赶紧！别磨蹭！）

佳碧上的是二(1)班，他们班上的女老师从来不那么着急。所以弗朗兹有时候会比佳碧早到学校大门口。

如果佳碧早上跟弗朗兹闹了别扭，那就说不好，她中午是不是还愿意跟弗朗兹一起回家了。

有的时候，她已经把生气这回事给忘在了脑后，那她就会很友好地对待弗朗兹；可有的时候，她会大步流星地从他的面前走过，就好像她根本不认识弗朗兹这个人似的。坏脾气的人大都如此！

当弗朗兹这一天在学校大门口等着佳碧的时候，他还真挺幸运。佳碧一蹦一跳地跑到了大门口，拉起弗朗兹的手，跟他一起沿着大街往家走去，同时，她还甜言蜜

语地问他："嗨，废话篓子，你到底是怎么决定的啊？"她的语气听起来就好像她早就胸有成竹，知道弗朗兹这回做出了什么决定似的。

弗朗兹对她说："好吧，我同意。但是你必须对天发誓，决不当着艾伯哈德的面说秘密语言。"

佳碧停下了脚步，从弗朗兹手中抽出了自己的手，不满地大声说："那多没劲啊！就只剩下一半的乐趣了！你这个废话篓子！"

弗朗兹态度坚决地说："要么这样，要么就算了！"如果佳碧坚持到底决不放弃的话，也许他的坚决态度根本没法坚持多久。可是佳碧却叹息了一声说："好吧好吧，就听你的。在艾伯哈德面前，我们就只说些普通的废话，而不说秘密的废话。"她又拉起了弗朗兹的手，继续往前走。

弗朗兹心里转着念头：她究竟准备从哪儿弄些秘密语言来呢？难道真有介绍秘密语言的书籍吗？

（秘密语言）

佳碧想从哪里获得秘密语言，弗朗兹吃午饭的时候才了解到。佳碧就对他说："好啦，现在你就开始废话出一种废话连篇的废话语言吧，一种能够很容易学会的连篇废话！"

"为什么该我说呢？"弗朗兹喊了起来。

"因为你能做得更好啊。"佳碧回答说。

佳碧向弗朗兹承认，他能比她做得更好，这样的机会实在不多。佳碧的话让弗朗兹大为感动。

"那，好吧。"弗朗兹说，"不过，我得好好想想。"他心里想：我去问问妈妈爸爸和约瑟夫，但愿他们中有谁能懂一门秘密语言！

U语和更多的废话

吃晚饭的时候，弗朗兹对他的爸爸、妈妈和哥哥讲了佳碧和秘密语言，包括佳碧想让他来发明这种语言的事儿。

妈妈问："你觉得用U语怎么样？"

当她还是孩子的时候，她曾经一直用U语跟她的好朋友梅赛德斯谈话。

约瑟夫惊讶地问："她怎么跟汽车一个名？"

妈妈解释说："她的爸爸是西班牙人，那里好多的女孩子都叫梅赛德斯。"

约瑟夫哧哧地笑起来："那儿的女孩是不是也叫奥迪、菲亚特、欧宝或者轰达什么的？"

"傻瓜！"爸爸骂哥哥说，"不是女孩叫了个汽车的名字，而是正好相反，是汽车叫了女孩的名字！"

约瑟夫又问妈妈："那个梅赛德斯现在怎么不再是你的女朋友了呢？你们吵翻了吗？"

"她中学毕业以后就搬到西班牙去了。"妈妈回答说，"开始时我们还经常书信往来，后来就没那么频繁了，再后来就只是在圣诞节的时候寄寄贺卡了。不知道从什么时候起，我们最终把对方给忘掉了。真是很遗憾。"

（寄：西班牙巴塞罗那梅赛德斯）

“那你们就再开始通信啊。”约瑟夫建议说。

“我是写过。”妈妈叹息道,“可是那封信被退了回来。可能她搬家了,而且她肯定也有了另一个姓,要是她结婚了的话。”

弗朗兹听得不耐烦起来,这会儿他可对那个找不到了的女朋友没什么兴趣。

“妈妈,”他着急地喊,“快告诉我,U 语到底是怎么回事。”

“这也不是什么秘密。”妈妈说。

“你只需要,”她解释说,“把每一个元音字母,也就是说,每一个 a,每一个 e,每一个 i 和每一个 o 都换成 u 就可以了!”

然后她指着盛猪排的盘子说:“住树猪菩!”(这是猪排!)

她又指了指装土豆沙拉的碗说:“住树土杜书路!”(这是土豆沙拉!)她接着指着爸爸说:“住树努布布!”(这是你爸爸!)

弗朗兹明白了,高兴地嚷了起来:“那,武树弗拢租!”(那,我是弗朗兹!)

“对极了!”妈妈说。

“杜足路!”弗朗兹纠正妈妈说。

(武树弗拢租！——我是弗朗兹！)

直到上床睡觉前，弗朗兹都在练习这种U语。他管妈妈要了一块“苦库露”(巧克力)，他在找他的“素术补”(算术本)，他刷了自己的“吴楚”(牙齿)，还洗了他的“补组”(脖子)。等到他终于躺在了床上的时候，他大声地喊道：“村务杜布布，村务杜母母，吻温！”(亲爱的妈妈，亲爱的爸爸，晚安！)

佳碧又一次失信了

第二天早上，在上学的路上，弗朗兹向佳碧解释了U语的用法。

"你可真是个废话宝贝！"等到佳碧会用了之后，就高兴得大喊大叫起来，"这可实在是超级废话语言！"

弗朗兹心想：如果我把妈妈的主意当成了我的，妈妈肯定也不会反对的。

佳碧当然马上就开始练习使用U语。这会儿她管弗朗兹叫"富互鲁租"(废话篓子)。

(乌布乎独，努，杜属姑！——艾伯哈德，你，大傻瓜！)

在宠物商店的橱窗前，佳碧管仓鼠叫“粗鼠”，管天竺鼠叫“吞竺鼠”，对着站在商店门口的面包师，她大喊一声：“努虎！”(你好！)

当他们走到学校前的交叉路口时，艾伯哈德从后面朝他们跑来，嘴里喊着：“等等我！”

佳碧冲他大吼一声：“乌布乎独，努，杜属姑！”(艾伯哈德，你，大傻瓜！)

弗朗兹抓住了她的胳膊，急忙对她说：“你答应我的，在艾伯哈德面前不说秘密语言的！”

佳碧从弗朗兹手里拔出自己的胳膊，冷笑着说：“废话，现在我改变主意了。”

弗朗兹叫了起来：“答应了的事就得做到！”

“废话带佐料！”佳碧说，“只有誓言是必须遵守的！可我又没废话发誓！”

如此地大言不惭，厚颜无耻，把弗朗兹打蒙了，他声音尖锐嘶哑地挤出了一句话：“你——太——坏了！”然后他就再也说不出话来了。

交叉路口的红灯还没有变绿，艾伯哈德就已经赶了上来，跟在弗朗兹和佳碧身旁。

“祖树虎！”(早上好！)佳碧对他说。

“什么，说什么呢？”艾伯哈德莫名其妙地问。

“武书都树木木武文。”(我说的是秘密语言。)佳碧又得意地对他说。

“她是突然发神经了还是怎么啦?”艾伯哈德莫名其妙地问弗朗兹。弗朗兹只好清了清嗓子。

清嗓子有时能帮他找回失去的声音。可还没等他清完嗓子，佳碧就对艾伯哈德说:“为了让你能听明白，我这会儿就跟你废话几句普通语言。从现在开始,弗朗兹和我有了一种秘密语言!”

“真的吗?”艾伯哈德伤心地看着弗朗兹。他看起来那么难过,现在弗朗兹已经没有别的选择了。他只好用清嗓子清出来的一点点声音,艰难地对艾伯哈德说:“这也没什么秘密的,不过是个愚蠢的语言游戏罢了,只要用 u 去代替所有的 a 和 o 和 e 和 i 就行了。”

佳碧大声喊叫起来:“讨厌!废话!大叛徒!”说完她

就沿着大街跑掉了。

弗朗兹叹了口气，深深地叹一口气。因为他知道得十分清楚，这回佳碧的气可是不会到中午就自动消散了。再说了，不管是谁，要是整个下午都得待在别人家里，而人家把你看成了说废话的讨厌鬼和泄露秘密的叛徒的话，那也绝不会是好玩的事儿！

大部分情况下，艾伯哈德马上就会明白，弗朗兹为什么要叹气，而不需要他做出任何解释。因为艾伯哈德不仅仅是喜欢弗朗兹，他很爱他。这回也是如此。

“放学以后到我们家来吧。”他劝弗朗兹说，“中午有牛排和炸薯条，然后还有奶油蛋糕！”

弗朗兹摇了摇头说：“不行！”今天佳碧妈妈特地给他做了烤米饭，尽管佳碧一点儿都不喜欢吃。所以他可

不能简单地一走了之！他不能对不起佳碧妈妈啊！对女儿的恶劣行为，她可是没有一点责任啊！

上完两节课以后，在弗朗兹的学校有一个“大课间休息”。如果不下雨的话，所有的学生就都要到院子里去活动。这一天，天气很好，连一滴雨都没下。可是尽管如此，弗朗兹还是宁愿待在教室里不出去。因为佳碧就在院子里，而弗朗兹没心情跟她见面。艾伯哈德当然心甘情愿地陪弗朗兹留在教室。

但是喊哩喀喳却不高兴这样，他喊道：“弗朗兹，艾伯哈德！人都需要新鲜空气和运动！赶紧，出去！”

(武俗武嘟叟乌祖……

当弗朗兹和艾伯哈德来到院子里的时候,佳碧和桑德拉正站在那里,她们身边围着好多孩子。佳碧和桑德拉扯开嗓子大声唱着《小小汉斯》这首歌:“武俗武嘟叟乌祖都无故路湖闷。”(我所有的小鸭子都游过了湖面。)她们边唱边笑,笑成了一团,简直就直不起腰来了。

佳碧看到弗朗兹,就停下来不唱了,冲着他恨恨地喊道:“是你先背叛了我们的秘密语言!”

弗朗兹身旁站着四(1)班的拉蒙和阿莱克斯。拉蒙对阿莱克斯说:“这算什么秘密!U 语也不是什么新鲜事了。我妈妈还是孩子的时候,就跟她的女朋友用过。”

弗朗兹听到他们的话,心想:拉蒙是去年从西班牙

——我所有的小鸭子……)

转学来的。妈妈的女朋友，那个跟汽车叫一个名字的，不就是去了西班牙了吗？拉蒙的妈妈也会用 U 语！这肯定不会是偶然的吧！

可是主动去和一个四年级的学生说话，弗朗兹还有点怵。于是他就咬着艾伯哈德的耳朵对他说："问问拉蒙，他妈妈是不是跟汽车一个名？"

艾伯哈德愣愣地瞪着他问："跟哪种牌子的汽车一个名啊？"

"这我现在可想不起来了，"弗朗兹说，"可你去问问他啊，这非常重要！"

"我反正无所谓。"艾伯哈德嘟囔着，他转过身，问拉

蒙,“你妈妈跟汽车叫一个名吗?”

“不对!”拉蒙郁闷地说,“但是有一种汽车,跟我妈妈叫一个名字,真够烦的。”他使劲用手掌卡住自己的脖子:“没完没了地需要跟人解释,梅赛德斯在西班牙是个普通得不能再普通的女孩名字!”

艾伯哈德指了指弗朗兹说:“我问你,是因为他说这事儿十分重要。”

拉蒙看了看弗朗兹,问道:“为什么这事儿对这个小不点儿十分重要呢?”

跟那些把他称作“小不点儿”的人,弗朗兹平常是不打交道的。但是现在不一样了,为了他对妈妈的爱,他必须得容忍这个称呼了!他对拉蒙说:“因为我妈妈很多年以前有个女朋友,可后来找不到了。这个女朋友的名字就像汽车的名字，我妈妈跟她以前用U语说话来着。就是因为这个！”

“这倒很有可能。”拉蒙说,“好多年以前,我妈妈也找不到她那个会说U语的女朋友了。”

“我妈妈小的时候姓‘汉’。”弗朗兹解释说,“她的女朋友们都叫她‘小耗子’。”

“那就对了!”拉蒙笑起来,“我妈妈经常会提起一个姓汉的小耗子！”

他从衬衣口袋里拿出一支铅笔和一张纸条,对弗朗兹说:“我把家里的电话号码写给你！”

弗朗兹跟拉蒙说了些什么，佳碧没法听到，因为学校的院子里声音太嘈杂了。可是她看到，拉蒙给了弗朗兹什么东西，又用一只手拍了拍他的肩膀才走开。这引起了她的注意。四年级的“大学生”，一般情况下是从来不跟“小学生”打什么交道的，跟弗朗兹这样的超级“小不点儿”，是绝对不会有什么来往的。

佳碧心里琢磨着：反正以后什么时候我们还得和好，那干吗不现在呢？

她马上跑到了弗朗兹面前，问他：“我们现在重新和好吧？”

弗朗兹很想立刻就说“那好吧”，可是这样一来，艾伯哈德就会说他是个胆小鬼，只要佳碧一吹哨，他马上就跟着跳。于是他非但没说好吧，反而冷冰冰地问：“你干吗要跟一个说废话的讨厌鬼、一个泄露秘密的叛徒重新和好呢！”

佳碧还没说话，艾伯哈德就回答了：“因为她就快被好奇心撑破肚皮了！现在她一心想知道，到底你跟拉蒙商量好什么了！”

“根本不是这么回事！我才懒得废话管你们的破事儿呢！”佳碧冲艾伯哈德龇牙咧嘴地吼叫着，“他把我们的秘密语言泄露给了你，我也同样告诉了桑德拉。这下我们就废话扯平了，那我们当然就可以重新和好了。”

“这也算多少有些道理吧！”弗朗兹对艾伯哈德说。

“你愿意怎么想都随你。”艾伯哈德嘟嘟囔囔地说，他转过身，走开了。

佳碧朝他的背影吐了吐舌头，说：“这个废话胖肥猪总是说我的坏话！不过，你到底跟那个拉蒙说了些什么废话啊？”

弗朗兹心里悲哀地想：真让艾伯哈德说着了。只是为了不被好奇心胀爆了肚皮，她才对我这么好的，这样的好处我可不想要。

他对佳碧说：“这对你反正也是无所谓的废话，我干吗还要用这种废话来打扰你啊！”说完，他就转身朝艾伯哈德走去。

放学以后，他也没在学校大门口等佳碧！他直接一个人回了家。

“你们又吵架了吗？”佳碧妈妈打开门，只看到弗朗兹一个人，而没看到佳碧跟他在一起，就问他。

弗朗兹说：“从现在起，我不再什么都容忍了！”

“你这么做是对的。”佳碧妈妈说。

弗朗兹把自己的书包放在衣帽间，走进厨房在餐桌前坐了下来。

“你要等佳碧回来一起吃饭吗？”佳碧妈妈问。

“不了。”弗朗兹回答。

佳碧妈妈端出盛着烤米饭的烤盘，放到了弗朗兹的面前，然后她自己在弗朗兹的对面坐了下来。

“我跟你一起吃。”她说，“佳碧反正也会用罢饭来抗议烤米饭的，我待会儿给她做一片黄油面包吧。”

弗朗兹一边大口嚼着烤米饭，一边把有关U语故事的前前后后都讲给了佳碧妈妈听，从妈妈那个跟汽车同名的女朋友，一直讲到拉蒙和电话号码。听完了这个故事，佳碧妈妈有了个绝妙的主意！

她对弗朗兹说：“要是拉蒙的妈妈真是那个丢失了

的梅赛德斯的话，那你明天就有了一个绝妙的生日礼物给你妈妈了。”

“可是，如果我把这些都搞错了呢？”弗朗兹问。

佳碧妈妈说：“你只需要给拉蒙妈妈打个电话，问问她，是不是真的那一个不就行了吗？”

“你可以帮我做这件事吗？”弗朗兹从裤子口袋拿出那张写着电话号码的纸条。佳碧妈妈接过了纸条，走进客厅拿起话筒来。弗朗兹本想跟在她身后去客厅，可就在这时，门厅里发了疯似的响起了门铃声。弗朗兹急忙跑进了门厅，打开了门。

“你是彻底废话聊过了头了还是怎么的？”佳碧气哼哼地冲他嚷道，“你觉得好玩吗，我一个人在学校大门口，等你等得腿肚子都转筋了？”

弗朗兹想回去找佳碧妈妈,她在电话里说的事比佳碧的喊叫要有意思得多。但是佳碧扯住了他的胳膊,不让他走开。“我怎么会知道，你这个废话篓子居然不等我？”她怒气冲冲地吵嚷着,“我还以为,你们班加课了呢。”

“如果你想错了,那也不是我的责任啊。”弗朗兹回答她说。

佳碧吵得更凶了:“那你至少要道歉吧！”

“为什么？”弗朗兹问。

“就为了你没等我！”佳碧不依不饶地喊叫。

“你还要怎么样？”弗朗兹问。

“滚回家去!”佳碧扯直了嗓子喊,“我再也不想在我家看到你！”

佳碧妈妈手里拿着无绳电话从客厅走到了门口。“真够烦人的!”她生气地责怪说,“就不能让我安安静静地打几分钟电话？到底都是为了什么啊？”

弗朗兹费力地尖着嗓子说:“就为了她现在又想跟我和好了,好让我告诉她,究竟拉蒙和我说了些什么。”

“啊呀,对了,拉蒙。”佳碧妈妈对弗朗兹说,“你猜得完全正确!她就是真的那个!明天晚上,你的生日礼物就会站在门口！”

这下佳碧更糊涂了，她的眼睛瞪得溜圆。

“他猜对了什么？谁会站在门口？”她着急地问妈妈。

佳碧妈妈笑着说：“我可不能泄露弗朗兹的秘密啊，要是他愿意的话，那也得他自己说出来才对嘛。”

说完她就走进了厨房，厨房的门在她身后关上了。

弗朗兹清了清嗓子，“对不起，我没在学校的大门口等你。”他对佳碧说。

佳碧也温情脉脉地对弗朗兹说：“如果你把一切都废话给我听，那我就原谅你。”

现在弗朗兹就没的选择了，他只好把一切都告诉了佳碧。因此他也得告诉佳碧说，U 语原本就不是自己的主意。但佳碧一点不觉得这有什么问题。

第二天的晚上，弗朗兹的妈妈在家庆祝生日。爸爸送给妈妈一条项链，约瑟夫送给妈妈一盆棕榈树，佳碧

妈妈送来了生日蛋糕，佳碧爸爸送了一捧玫瑰花，佳碧送了一张自己画的画。奶奶也来了，送给妈妈一个信封，里面装着钱。弗朗兹过几分钟就要喊一嗓子："我的礼物马上就到！"

每次弗朗兹一喊，佳碧就跟在后面说："门铃一会儿就会响了！"

弗朗兹的妈妈每次都好奇地问："这是什么礼物啊？什么礼物会响呢？没准儿是个闹钟吧？"

八点整的时候，弗朗兹家的门铃响了起来。"是我的礼物来了吗？"妈妈问弗朗兹。

"但愿是吧。"弗朗兹回答说。

妈妈朝门口跑去，弗朗兹和佳碧急急忙忙地跟在她身后。妈妈打开了房门。门前站着一个胖墩墩的妇女，手里拿着一束鲜花，她对妈妈说："祝你生日快乐，亲爱的小耗子！"

妈妈的嗓子里发出了一声尖锐而高亢的喊叫，就伸出双臂紧紧地搂住了那胖墩墩妇女的脖子。

“啊哈！梅赛德斯！啊哈！梅赛德斯！”她兴奋地喊着，“我终于又找到你了！我太高兴了！比你更好的生日礼物我还从来没收到过呢！”

佳碧对弗朗兹说：“为此你妈妈该好好谢谢我。要是我没有用U语唱歌的话，那拉蒙就不会说出U语不过是他妈妈玩剩的老一套了。那你也就根本不可能猜测到这一切了。”

“对啊！”弗朗兹说。但是他这么说，不过是因为他不想跟佳碧又吵起来。

弗朗兹必须发誓

每到星期六，弗朗兹都去老人院看他的奶奶。奶奶是爸爸的妈妈。有一次，当弗朗兹从老人院回来的时候，妈妈告诉他："佳碧在你房间等你呢！"

"为什么？"弗朗兹很惊讶地问。在星期六和星期日，弗朗兹跟佳碧从来都不见面。从星期一到星期五，天天在一起，见面的机会实在是够多的了。

妈妈回答说："她好像碰到了什么麻烦。"

弗朗兹连忙跑进了自己的房间。佳碧正坐在他的床上，嘴里咬着自己的手指甲。

弗朗兹心想：真的，她碰到麻烦了！她只有碰到麻烦的时候，才会这么乱咬自己的手指甲！

"出什么事了？"弗朗兹问，并坐到了佳碧的身边。

"我碰到了一件让人废话的蠢事！"佳碧说。

"究竟怎么了？"弗朗兹着急地问。

"我本来想帮你报复的，"佳碧说，"因为那个讨厌的废话伯格老是找你的岔，这实在是太可恶了！"

伯格太太也住在他们楼里，她确实是个恶心的女人，特别喜欢责骂弗朗兹。如果有五个孩子在院子里吵吵闹闹地玩儿，她准会从窗户里向外吼叫："弗朗兹，我马上就去叫警察来！"

哪怕弗朗兹根本不在院子里，她也会这么喊叫。除此之外，她还老到弗朗兹妈妈那儿去告状，说弗朗兹对她没礼貌，不向她问好。

弗朗兹问佳碧："那你想怎么来帮我报复呢？"

"通过废话专线我威胁了她，"佳碧说，"当然不是直接对她说的，我对着她家的录音电话说，要是她还不停止对你的恶劣行径的话，那她马上就会被送到地狱去下油锅！"

“你可真敢说！”弗朗兹叫了起来。

“我用假声说的。”佳碧说：“不过，看起来我装错了声音。”

“她认出你了？”弗朗兹问。

“没有！”佳碧又开始乱咬自己的手指头，“她相信，那是你说的！刚才我去倒垃圾，听到她对管房子的人说的。”

“这可太棒了！”弗朗兹说。不过他并没有觉得很惊慌。他对伯格太太毫无理由的指责和刁难，早已经习以为常了，多一点少一点也就无所谓了。

“她肯定会找你妈妈告状的。”佳碧说。

弗朗兹耸耸肩膀，无所谓地说："随她的便吧，如果我对妈妈说，我没有打过这个电话，妈妈就会相信我，不管伯格太太说什么。"

佳碧点了点头，然后她又说："可是你不能跟你妈妈说，是我打的这个电话，不然的话，她一定会告诉我妈妈的。那我就两个星期都得不到零花钱了。发誓！你不会背叛我！"

弗朗兹伸出了食指和中指，举起了右手，嘴里嘟囔着："我发誓！"

佳碧从床上跳了起来，大喊着她得赶快回家了，然后就急急忙忙地跑出了门。

弗朗兹丧失了语言能力

到了星期一,弗朗兹的算术课刚上到一半,学校的看门人走进了二(2)班。

“外面有位妇女,”他说,“她想立刻跟弗吕斯特的老师谈谈。”

正说着,伯格太太已经走进了教室,并且嚷嚷道:“我可不能等到课间休息的时候再提意见,我的时间不是偷来的,也很宝贵啊!”

“提什么意见?”嘁哩喀喳问。

“您的学生弗吕斯特,”伯格太太吵吵着,“打电话威胁我,我向他父母告状,根本就没用,他们总是把他当成天使。”

“你打过吗?”嘁哩喀喳问弗朗兹。

弗朗兹吓了一大跳,以至于他连尖细着嗓子说一声“不是”都没办法做到。他只好摇了摇头。

伯格太太指着弗朗兹说:“我听得出他的声音!而且犯罪感就直接写在他的脸上,现在他连话都说不出来了!”

嘁哩喀喳说:“说不出话,在他身上跟犯罪感一点关系都没有。”

“您的意思是说,我撒了谎?”伯格太太大叫了起来。

“请您控制一下自己的情绪。”嘁哩喀喳说。但是伯格太太认为,她没必要自我控制。她可以马上证明,弗吕斯特家的捣蛋鬼就是那个电话恐怖分子。她急急忙忙地跑到了讲台上,一把拉开自己的手提包,从里面拿出一台录音电话,她四处搜寻着电源插座。

在讲台后面的墙上,伯格太太找到了一个,她把录音电话的插头塞了进去,按下了电话机上的一个按钮。

嘁哩喀喳目瞪口呆地盯着那个小玩意儿,一句话也

说不出来。而从那个小玩意儿里却冒出了一个极为尖锐颤抖的声音："你这个废话老肥猪，要是你再有一次废话些有关弗朗兹的废话，就让你在地狱里穿在铁钎上下油锅炸，再把你砸碎捣成泥！"

伯格太太从插座里拔出插头，又把录音电话放回到她的大手提包里。"这难道不是证据吗？"她得意地质问嘁哩喀喳。

嘁哩喀喳摇着头说："绝对无法当作证据，只有极为有限的一点相似之处！"

其他的孩子也都叫嚷起来："弗朗兹的声音出毛病的时候，听起来也绝对不是这么疯疯癫癫的！"

因为嘁哩喀喳认为他是无辜的，也因为大家都觉得他激动起来时发出的尖锐刺耳的声音，一点都不像录音里的那么疯疯癫癫的，弗朗兹心里平静了一些。

伯格太太愤怒地吼叫着："这就一点都不奇怪了！为什么这些捣蛋鬼这么猖狂！原来都是当老师的在庇护！"

嘁哩喀喳伸直了手臂，指着教室的门，对伯格太太说："请您立刻离开！教室里不允许校外人员逗留！"

伯格太太收拾起她的大手提包，冲嘁哩喀喳喊道："我要向您的上级机构提出控告，您等着，混蛋！"

"随您的便。"嘁哩喀喳毫不犹豫地回答她。

伯格太太跺了跺脚，走出了教室。教室的门在她身后砰的一声，重重地关上了。

嘁哩喀喳摇着头，问弗朗兹："这是什么人啊？"

在弗朗兹能开口说话之前，艾伯哈德就大声替他说："她是伯格太太，跟弗朗兹住在同一栋楼里。她老是把一切过错都推到弗朗兹的头上！"

"明白了。"嘁哩喀喳对艾伯哈德说，然后他又冲弗朗兹说，"我很清楚，你是不会有这种扰乱治安的胡闹行为的。好，现在我们继续做算术。"

一个叫爱娃-玛丽亚的女孩举起了手，不过她不是因为算术！她告诉嘁哩喀喳说："应该是二(1)班的佳碧打的电话！只有她说话的时候每句话里得有十个'废话'！"

于是其他的同学也都纷纷嚷嚷起来："当然了！本来就是！"

还有的同学说："没错！她是他的朋友啊！""她也跟弗朗兹和这个女人住在同一栋楼里！"

艾伯哈德小声对弗朗兹说："我马上就知道，是她干的，可我不想向老师告发她。"

嘁哩喀喳走回到讲台上，拿出一张记录纸，在上面写了点什么。

“他把佳碧的名字写下来了。”艾伯哈德咬着耳朵对弗朗兹说。

“那现在会发生什么事呢?”弗朗兹也咬着耳朵问艾伯哈德。

“他肯定会对二(1)班的女老师说这事儿的。”艾伯哈德小声地回答说。

“那佳碧会有什么事儿呢?”弗朗兹小声地问。

“不知道。”艾伯哈德小声说,“但肯定不会是什么好事。”

“艾伯哈德,弗朗兹,不许在课堂上谈论个人的事情!”嘁哩喀喳向他们提出了警告。这时,课间休息的钟声敲响了，他对大家说："全体起立，都到院子里去！呼吸呼吸新鲜空气！"

弗朗兹和艾伯哈德没有到院子里去，他们跑到了二(1)班的教室。

佳碧正站在废纸篓前，削着她的彩色铅笔。

"嗨，你们这对废话篓子，出什么事了？"她问道。

弗朗兹告诉她，到底出了什么事。佳碧吓得手一哆嗦，铅笔和笔心都掉了下来，笔直地扎进了废纸篓。

"我现在该怎么办啊？"她带着哭腔问，"快告诉我，我该怎么办。"

弗朗兹也想不出什么聪明的好办法来。

艾伯哈德说："最好，你去找老师承认。而且越快越好，赶在嘁哩喀喳跟你们班老师说之前最好，这会使事情变得对你有利。"

"不承认不会更有利吗？"佳碧问。

"是会更有利。"艾伯哈德说，"可是，现在已经不可能了。因为录音里有那么多的'废话'，谁都会知道，是你说的！"

"他说得对！"弗朗兹说。

"那又怎么样！"佳碧长叹了一口气，从废纸篓里捞出自己的铅笔和笔心，然后迈开大步，去找她的女老师

了。老师正坐在讲台上,用一支红色的圆珠笔在一个本子上画来画去。弗朗兹没听到佳碧对老师都说了些什么,他只是看到,她这时脸上满是懊恼和后悔的表情。

弗朗兹钦佩地对艾伯哈德说:"真是太棒了,瞧她做的!"

艾伯哈德一点也不惊讶地说:"因为她原本就是个伶牙俐齿的坏东西!"

佳碧在老师的讲台前还没待上一分钟,就已经又回到了弗朗兹和艾伯哈德面前。她叹息着说:"老师说,我该去道歉,写封信什么的!"

"这就完了?"艾伯哈德问,听起来他好像有点失望。

“这就够可以的了。”佳碧生气地说,“因为这下妈妈就知道这件事了,那我两个星期的零花钱就没戏了。而且我讨厌写信!”

这时,上课的钟声也叮当地响起来,弗朗兹和艾伯哈德得回到自己教室去了。在路上,弗朗兹说:“可是嘁哩喀喳根本就没到二(1)班去。

“可能会在下一次课间休息的时候去吧。”艾伯哈德说。

当弗朗兹和艾伯哈德走回自己的座位时,他们从讲台前走过。这时他们才看到,嘁哩喀喳到底在那张纸上写了些什么。

纸上写的是:牛奶,黄油,啤酒!弗朗兹想:他真好!嘁哩喀喳根本就没写佳碧的名字。他写的是购物单!那样的话,佳碧其实也不用去承认了!

通常情况下，艾伯哈德都知道弗朗兹心里想的是什么。现在他也知道，弗朗兹是怎么想的。他对弗朗兹说："反正也没发生什么对她很不利的事！再说了，她这么做也是应该的！"

"可是，如果老师不知道这件事，不是更好吗？"弗朗兹说。

"那这还用说。"艾伯哈德冷笑着说。

下午的时候，弗朗兹给伯格太太写了一封道歉信，因为佳碧实在不愿意动笔写信。

佳碧妈妈虽然狠狠地骂了她一通，但当她听到佳碧主动找老师承认了错误的时候，就没有取消她的零花钱。

到了晚上,在弗朗兹回家去之前,佳碧对他说:“我向你发誓,从现在起,‘废话’这个词儿,再也不会从我嘴里冒出来了!要是一个词儿能这么背叛我的话,那我还是放弃的好。”

对此,弗朗兹感到十分高兴。

弗朗兹系列

1. 弗朗兹的故事
2. 弗朗兹的校园故事
3. 弗朗兹的假期故事
4. 弗朗兹的亲情故事
5. 弗朗兹的心情故事
6. 弗朗兹和动物的故事
7. 弗朗兹的奇趣故事
8. 弗朗兹和足球的故事
9. 弗朗兹的侦探故事
10. 弗朗兹的夏令营故事

图书在版编目(CIP)数据

弗朗兹的奇趣故事 / (奥)涅斯特林格著；湘雪译. --南昌：二十一世纪出版社，2011.6
(弗朗兹系列)
ISBN 978-7-5391-6319-2
Ⅰ.①弗… Ⅱ.①涅… ②湘… Ⅲ.①儿童文学-故事-作品集-奥地利-现代 Ⅳ.①I561.85
中国版本图书馆CIP数据核字(2011)第025471号

Title of the original edition:
Author: Christine Nöstlinger Title: Fernsehgeschichten vom Franz
Quatschgeschichten vom Franz

Chinese language edition arranged through HERCULES Business & Culture GmbH, Germany
版权合同登记号：14-2006-052

弗朗兹的奇趣故事 / (奥)克里斯蒂娜·涅斯特林格 著；湘雪 译

责任编辑 彭学军 魏钢强
装帧设计 魏钢强
出版发行 二十一世纪出版社(江西省南昌市子安路75号 330009)
www.21cccc.com cc21@163.net
出 版 人 张秋林
经 销 新华书店
印 刷 江西华奥印务有限责任公司
版 次 2011年6月第1版 2016年4月第4次印刷
印 数 23,001-33,000册
开 本 889×1300 1/32
印 张 3.25
书 号 ISBN 978-7-5391-6319-2
定 价 14.00元

(如发现印装质量问题，请寄本社发行部调换)